D1857565

Lene Mayer-Skumanz

# . . . *dann könnte das Wort in mir wachsen*

Texte für junge Menschen

Patmos

Die Deutsche Bibliothek – CIP-Einheitsaufnahme

**Mayer-Skumanz, Lene:**
...dann könnte das Wort in mir wachsen:
Texte für junge Menschen / Lene Mayer-Skumanz. –
2. Auflage – Düsseldorf:
Patmos Verlag 1995
ISBN 3-491-79416-1

© 1990 Patmos Verlag Düsseldorf
Alle Rechte vorbehalten
2. Auflage 1995
Umschlagbild und Holzschnitte im Innenteil:
Andreas Felger
Satz: Fotosatz Hubert Moers, Mönchengladbach
Druck und Verarbeitung: Clausen & Bosse, Leck
ISBN 3-491-79416-1

# Inhalt

*Der Botschaft trauen*

# Die Zeichen verstehen

## *Vor der Entscheidung*

Sie haben mich nicht gefragt,
ob ich Christ werden will.
Sie haben nicht abgewartet,
ob mir die Kirche gefällt.
Sie haben mich taufen lassen –
vielleicht aus Familienbrauch,
aus Tradition
oder weil sich's gehört,
vielleicht auch aus Überzeugung,
daß es gut ist hineinzuwachsen.
Ich könnte sie danach fragen,
aber ich weiß noch nicht, wie.
Ihre Verlegenheit macht mich stumm,
ihr Eifer aber
würde mich störrisch machen.
Sie sagen mir:
Nun ist es deine Entscheidung.
Und sie spüren, wie ich ihr Reden und Tun
prüfe und wäge, ob's zueinander paßt.
Christen sind sie ja alle ...

Gestern hat mir die Mutter lächelnd gesagt:
Kind, wenn ich nicht glauben dürfte,
daß Gott mir hilft,
wäre ich vielleicht
eine noch viel lästigere Mutter…

Darüber muß ich jetzt nachdenken.

## *Entgegenwachsen*

Aus dem alten Gedankengewand
bin ich herausgewachsen.
Es zwickt und drückt mich,
zieht vorn und hinten.
Es engt mich ein
und nimmt mir den Atem.

Weg damit!

Aber die neuen Gedanken
schlottern noch ein bißchen um mich.
Engernähen und kürzen gilt nicht.

Geduld!

Ich werde ihnen
entgegenwachsen.

## *Wenn du kommst*

Ich habe gehört, du kommst wie Feuer und Sturm,
mit großer Gewalt, überraschend.
Werde ich standhalten können?

Wenn du zu mir kommst,
komm bitte behutsam!
Füll mich mit Zärtlichkeit,
hüll mich von Kopf bis Fuß ein!
So von dir angetan
will ich dich auch
in Feuer und Sturm erwarten.

## *Einverständnis*

Freudig spür ich dein Brausen.
Ich setze und trimme die Segel.
Weh mich, wohin du willst!
Ich gebe die Schoten lose,
ich segle getrost vor dem Wind.

## *Alte Zeichen*

Laß mich mit Herz und Willen,
mit allen Sinnen
den Zeichen trauen.
Leg deine Hand auf mich
durch die Hand deines Boten.
Zeichne mit heiligem Öl
mir dein Kreuz auf die Stirn.
Nimm mich und mach mich stark.
Ich werde nie mehr
nur mir selber gehören.
Du wirst in mir handeln
durch Kraft und Geist,
deine Gabe, mir aufgegeben,
daß ich sie weitergebe.
Forme mich, wie du willst.
Ich darf deine Gabe sein
für andere Menschen.

## *Spaziergang mit einem Lehrer*

Es flattert und gurrt in den Zweigen.
Meinem Lehrer sträubt sich das Haar –
er kann Tauben nicht leiden.
Es sind keine friedlichen Vögel!
Das sanfte Turtelchen: Lüge!
Sie picken und hacken einander blutig.
Bei der geringsten Gefahr
verlassen sie Nest und Brut.
Sie neiden einander das Futter.
Einen geschwächten Gefährten bringen sie um.
Und treu? Jeder Storch, jeder Schwan,
ja sogar noch der nackthalsige,
aaswürgende Geier ist treuer als sie …

Nehmt nicht das Taubenvieh
als Bild für den Geist! ruft mein Lehrer.
Nehmt doch das Feuer!
Vom ersten heimlichen Knistern
zur lodernden Glut,
ja bis zum Flächenbrand –
welche Palette von Möglichkeiten!
Nehmt den belebenden Atem, den Wind –
den Hauch, so zart wie ein verschwebendes Schweigen,
und steigert ihn mutig zum Sturmbraus –

So hat er sich den Tauben-Zorn
von der Seele gesprochen.
Sein Haar steht noch immer
wild um den Kopf.
Aber nun ist's der Wind,
der es hochweht.

## *Ankomme jetzt*

Das Wichtigste steht im Reiseführer
(jeanstaschengerecht, der Einband ist abwaschbar).
Drei Sternchen für alles, was einer sehen MUSS.
Die beiden Jungen nehmen die Sternchen ernst,
der aus Wien und sein Gast aus dem östlichen Nachbarland.
„Maria Stiegen" oder auch „am Gestade" –
Gestade, schwieriges Wort, gemeint ist die Uferböschung,
denn früher ist da unten die Donau geflossen.
„Gotisches Meisterwerk". Schau dir den Turm an,
den steinernen Turmhelm „in zierlichem Filigran",
ich würde sagen: ein Spitzendeckchen, von meiner Oma gehäkelt ...
Im Innern der Kirche das Bild „Mariä Verkündigung",
gotische Malerei, dreisternchenbeglaubigt.
Links der Engel, rechts kniend Maria,
sie wendet den Kopf nach links,
denn auf alten Bildern, verstehst du,
bedeutet die linke Seite immer das Seelische,
das Unsichtbare, die andere Wirklichkeit.
Schön, sagt der Gast, wie Gott aus dem Himmel schaut.
Wie er das Kind schickt. Doch was bedeutet die Taube?
Weißt du, ich hatte nie Religionsunterricht ...

Der Junge aus Wien sucht mühsam in seinem Gedächtnis
Bruchstücke aus vergangenen Unterrichtsstunden.
Die Taube: ein Sinnbild für Gottes Geist,
für Kraft, für Leben, für Liebe.
Die Taube als Bote der Gottheit,
in alten Kulturen findest du sie.
Aber du darfst jetzt nicht meinen,
daß die Christen einen Vogel verehren ...
Nein, nein, sagt der Gast, ich habe es gut verstanden.
Es ist, als schicke Gott Maria ein Telegramm.
ANKOMME JETZT – IN LIEBE – DEIN GOTT –

## *Motiv*

Am Wegrand im wilden Mohn
ein Bildstock aus grauem Granit:
Gottvater mit faltiger Stirn
hält den gekreuzigten Sohn
zwischen den Knien im Schoß.
Goldgesprenkeltes Moos
mildert den Schmerz des Gebärens.
Die Taube des Geistes
zu seinen Füßen
verwittert im Sturzflug.

# Frei und lebendig werden

## *Was der Gärtner erzählt*

Die meisten stutzen die Sträucher im frühen Frühjahr.
Ich warte die Blüte ab.
Nachher schneide ich sie zurecht,
Forsythien, Schneeball, Jasmin.
Sie blühen dann um so reicher
im nächsten Frühling.
Gestutzt muß werden, so oder so.
Auch wir Menschen werden gestutzt
und zurechtgeschnitten – stimmt's?
Manchmal tut's sogar weh.
Aber als Gärtner sage ich dir:
Wegen Blüte und Frucht
muß es sein.

## *In diesem Jahr*

Ich habe mir Zeit genommen
für den Frühling in diesem Jahr,
bin ihm begegnet mit wachem Vertrauen,
hab ihn erlebt mit allen Sinnen
vom ersten schüchternen Grün
bis zum rauschenden Flieder.
Und wie hat er mir gedankt
für meine Aufmerksamkeit!
In überschäumender Freude war er zugegen,
sooft ich nur wollte,
hat mich in Duft und Klang
und herrlichen Wind gehüllt,
hat sich mir übermütig zu Füßen gelegt
in Löwenzahngold.
Ein Verschwender mit Phantasie ...
Den Umgang mit ihm
hat man mir angemerkt.
Zu meinen alten Freunden
habe ich neue gewonnen
unter Menschen und Bäumen.

## *Mai*

Die Nachbarin kniet im Garten auf einem Brett,
stundenlang, mit gekrümmtem Rücken,
und setzt die jungen Salatpflanzen aus.
Von weitem könnte man meinen: Sie betet
nach einem alten, mühseligen Ritus.
Nun wachsen in ihren Beeten
die kleinen grünen Hoffnungen
in Reih und Glied.
Ich gehe den Zaun entlang
und wünsche gutes Gedeihen und sachten Regen.

## *Was die Engel von uns erwarten*

Daß wir uns antreffen lassen,
die Tür nicht verschließen,
damit die Botschaft, die uns betrifft,
uns im Innersten trifft.
Daß wir zuhören, nachdenken, Fragen stellen,
zum Beispiel: „Wie soll das geschehen?"
Daß wir großherzig werden
und willig uns schenken lassen,
empfangen,
was uns aus eigener Kraft
weder gehört noch gebührt.
Dann könnte ihr Anliegen Früchte tragen,
die Nachricht lebendig werden,
das Wort
in uns wachsen.

*Kreuze*

Sie lassen dich an der Wegkreuzung hängen,
an Kirchenwänden, in Herrgottswinkeln
über dem Wirtshaustisch.
Die Brückenheiligen halten in steinerner Ruh
deinen gemarterten Leib.
Aber ich kann mich nicht gewöhnen
an dein vervielfachtes Leid,
ich gewöhne mich nicht!
Mir stockt der Atem:
Sie haben dich elend ersticken lassen
und dir dabei zugesehn.
Und ich – ich wende die Augen ab
in hilflosem Zorn.
Und ich wünsch mir,
daß ich die Auferstehung so glauben kann,
wie ich weiß
von der Marter, der Schande, dem Sterben.

## *Vor einem Kreuz*

Langsam, aber von Mal zu Mal mehr
und näher
lern ich verstehen,
daß deine Liebe zu mir
auf dem Prüfstand des Todes
unwiderruflich geworden ist.
Das neue Leben, das dir geschenkt ist,
teilst du mit mir –
wenn ich will.
Du erwartest mein freies Ja
vor Gott und den Menschen.
Ich werde es sprechen
mit wachsender Kraft
und nichts mehr fürchten müssen
und nie mehr allein sein.

## *Danken*

Weil die Kraft von dir kommt,
darf ich schwach sein
und muß mich nicht schämen.
Angewiesen bin ich
auf deine Hilfe.
Angewiesen bin ich
auf die Versöhnungsbereitschaft
aller, die mit mir leben.
Daß sie Geduld mit mir haben,
daß sie sich mir zuliebe beherrschen,
wenn ich unbeherrscht bin,
daß sie in Treue zu mir stehn –
Gottes Geist, ich habe sie nicht verdient,
deine Früchte, die du mir
durch andere schenkst.
Ich darf sie genießen.
Nun sei du stark in mir
und gib mir den Mut
zu danken.

## *Vorbehalte*

An die Adresse des Heiligen Geistes

Du willst, so sagst du, das Herz aus Stein
aus der Brust mir nehmen und ein lebendiges geben.
Aber wird das nicht weh tun?
Wird das lebendige Herz
nicht heftig und stark reagieren
auf Trauer und Schmerz und jegliches Unrecht,
das mir und andern geschieht?
Das lautlose Leid der ungeborenen Kinder,
wird es mir nicht genauso zu Herzen gehen
wie das stille Sterben der Bäume
oder der Blick des mutlosen Freundes?
Mit welchen Freuden gleichst du das aus?
Mit wieviel Zärtlichkeit willst du
die andere Waagschale füllen,
daß ich im Gleichgewicht bleibe?
Werde ich in meiner Verwundbarkeit
das fühllose, steinerne Herz
nicht zurückschrein in meine Brust?

Ausgestattet mit dem lebendigen Herzen
wünsche ich hier und jetzt,
daß du mich überwältigst mit deiner Begeisterung,
daß du mir langen Atem und Feuer und Kraft gibst,
daß du mich trägst auf starken, sicheren Flügeln!

## *Aufbruchssegen*

Hab keine Angst, wenn sie schon wieder
Neues von dir verlangen.
Bei jeder Wandlung, bei jeder
Neuerschaffung
übernimmt der Heilige Geist
die schwerere Hälfte der Arbeit.

Dein Aufbruch, er soll gesegnet sein.

Langen Atem
und guten Rückenwind!

# Einander gutsein

## *Steine*

Ich habe Freunde auch unter den Steinen.
Manche liegen auf meinem Schreibtisch.
Einer hütet die Briefe.
Einer kühlt mir an heißen Tagen die Haut.
Einer – ein weißer Kiesel –
birgt eine winzige Höhle,
Raum für drei Wassertropfen und einen Veilchenstengel.
Einer hat keinen besonderen Auftrag.
Er ist einfach da
und mag mich.

## *Lokalaugenschein im Herbst*

Das Vogelnest in der Kapelle
in Augenhöhe des Christus,
braun wie die Deckenbalken,
mit Halmen und Federn gepolstert,
benutzt, verlassen.
Der Steinboden sauber gewischt.
Die Astern im Krug noch frisch.
Zu Füßen des alten Kreuzes
der Funken des Ewigen Lichts.
Das unvergitterte Fenster
ist wohl den Sommer lang
offengestanden.
In diesem Raum hat keiner
Angst vor dem andern gehabt,
die Vögel nicht vor den Menschen,
die Menschen nicht vor Menschen
und Vogeldreck.

## *Dringende Einladung*

Komm, Gottes Geist, es gibt Arbeit für dich:
Ich will meinem Freund verzeihen.
Ich möchte wieder
mit leichtem Gepäck unterwegs sein,
nicht dieses schwere Paket
voll Mißtrauen und Zorn mehr schleppen.
Nun gib mir das rechte Wort –
es kann auch „Hallo“ sein,
aber in einem normalen, alltäglichen Ton.
Dann merkt er, daß ich ihm wieder gut bin.
(Falls er sich nachträglich noch überwindet
und bittet: Verzeih mir!,
werde ich lachen und sagen:
Längst passiert!)

## *Mein Bruder*

Eine Zumutung ist mein jüngerer Bruder,
ein schlaues Biest, rechthaberisch und laut,
macht den Mund weit auf
und setzt sich unverschämt durch!
Ich hätte mir diesen Bruder nie ausgesucht.
Ich habe ihn einfach, wie Schnupfen,
und muß mit ihm leben.
Ich freu mich tief unten im Bauch,
wenn ich merke, daß er auch andere Leute nervt.
Nur der Großmutter geht er nie auf die Nerven.
Sie freut sich, wenn sie ihn sieht.
Manchmal kocht er Dinkelsuppe für sie,
mit großem Aufwand, mit Rahm und Zwiebeln
und Kräutern, frisch aus dem Garten.
Dann strahlt sie und ist für drei weitere Wochen gesund.

Gestern abend hab ich zu meinem Bruder gesagt:
Wegen der Großmutter und weil die froh ist,
daß es dich gibt,
aber nur deshalb!, mag ich dich auch …
Er hat gelacht und mir für das nächste Mal
einen Extrateller Dinkelsuppe versprochen.
Und war mir auf einmal, ich weiß nicht wie,
sonderbar nah und ähnlich.
Als sähe ich mich im Spiegel, ganz unerwartet.

## *Bettler*

Früher hab ich nie um Liebe gebettelt,
ich war zu stolz.
Heute weiß ich:
Nichts ist so wichtig
wie sie.
Sie ist die einzige wirkliche Kostbarkeit.
Warum also soll ich
um ihretwillen
nicht zum Bettler werden,
der seine Hand ausstreckt?
Und selbst wenn mich keines liebt
unter den Mitgeschöpfen,
wenn ich vergeblich bitte,
will ich doch beten,
daß mir die Gabe des Liebenkönnens
immer zuteil wird.

## *Brot und Wein werden*

Wenn auch wir füreinander
Brot und Wein werden könnten,
Brot für den Alltag
und Wein für die festliche Freude –
wenn wir deinen Dienst an uns
in Einander-dienen verwandeln –
wenn wir Hunger und Durst verstünden
als tröstliche Zeichen
für nahe Erfüllung und Fülle –
und keiner mehr müßte sich schämen
für seinen Lebenshunger, dürfte
den Durst bekennen –
wie würden wir kosten und sehen,
wie gut wir einander sind,
kosten und sehen, wie gut es ist,
daß wir sind!

## *Geburtstagswunsch*

Das Marschgepäck reduzieren,
frei werden vom Ballast
unnötiger Ziele,
Sorgen zusammenbündeln
auf ein erträgliches Maß.
Die Erleichterung spüren,
wenn du keinem mehr
etwas nachtragen mußt.
Die Last der alten Erfahrungen
auf die Müllhalde kippen,
dich neuen Erfahrungen öffnen.
Das, was du wirklich brauchst,
paßt in den winzigsten Beutel.
Humor bedrückt nicht,
er stützt dir den Rücken.
Liebe ist federleicht,
hat für dich kein Gewicht
in der offenen Hand.
Zärtlichkeit mußt du nicht tragen,
sie trägt dich.

## *Wenn ich unsicher bin*

Meine Freundin schweigt und redet zur rechten Zeit.
Ich weiß nicht, woher sie das hat,
das Gespür für den richtigen Zeitpunkt.
Ich freu mich, daß sie es hat.
Wenn ich unsicher bin,
redet sie auch für mich
oder schweigt
in meinem Namen.

## *Gerichtsverfahren*

Stellt euch vor, es säßen einmal
die Wörter zu Gericht über uns,
ihre Benutzer, Abnutzer und Befrachter,
Mißbraucher, Vergeuder, Verschweiger.
Und es käme zur Sprache,
was wir mit ihnen getrieben haben:
Wir haben sie zu Verführern gemacht,
um mächtig zu werden.
Als Lügenvehikel, Verschleierungsmaterial
mußten die Wörter uns dienen,
als Waffen, und viele von ihnen
können wir nicht mehr entsorgen.
Stellt euch vor, es säßen die Wörter
über uns zu Gericht.
Wir würden stumm vor ihrer Anklage stehen,
uns hilflos umsehen, ob uns nicht eines von ihnen
zu Hilfe kommt.
Aber die Worte, die uns dann retten könnten,
haben wir zu wenig geübt,
die fremden, die ungewohnten,
wie sollten wir sie über die Lippen bringen –

## *Lied*

Ich weiß, warum es mich gibt:
Ich bin da, um zu loben!
Alles Geschaffene will ich loben
durch behutsamen Umgang.
Ich lobe die Erde durch sparsame Nutzung
und ihre Früchte durch Teilen.
Ich lobe die Mitgeschöpfe alle –
ich kann nicht sein ohne sie –
durch fröhliche Dankbarkeit.
Ich lobe die Freunde als Gottesgeschenke
durch die vielen kleinen Dienste der Liebe.
Ich lobe dich, Gott, mit Arbeit und Mühe,
mit neugierigem Lernen
und friedlichem Sattsein und Ruhen.
Ich lobe dich auch mit Worten,
so arm sie sind –
und du brauchst sie nicht –,
aber um meinetwillen muß ich
sie immer wieder von neuem fassen und ordnen,
aussprechen und zum Klingen bringen.
Denn mir wird leicht ums Herz,
wenn ich rede von dir.

# Veränderungen wagen

## *Ordnung*

Ordnung bedeutet für mich:
Raum geben vielem und vielen,
dennoch nicht allzuoft stolpern,
finden, was einer braucht.

Aber das finden nicht alle in Ordnung.
Sie würden mich gern
zu ihrer Gewohnheit bekehren,
damit ich aufräume, wegräume,
in Fächer und Laden schichte
nach ihrem exakten Muster.
Sie wissen von allem, wohin es gehört,
und warum sich's gehört, daß es dorthin gehört.
Diese Leute haben's nicht leicht mit mir
und den Dingen, die bei mir
ihren Platz einnehmen –

## *Nachgedacht*

Von unserem Nachbarn sagen die Leute:
Der hat sein Lebtag nicht schlecht
über andere Menschen geredet.

Dieser Satz hat mir zu schaffen gemacht.

Schon jetzt steht fest: Das wird man von mir
nicht behaupten können.
Höchstens das: Er hat nachgedacht
und von da an versucht,
nicht mehr schlecht über andre zu reden.

Diese Chance habe ich noch.

## *Vorhaben*

Diese unzulängliche Welt verändern –
geht nicht.
Diese ungerechte, böse Gesellschaft ändern –
geht nicht.
Die Umgebung verändern – Arbeitsplatz, Schule, Familie,
wenigstens die Qualität der Partnerschaft –
geht nicht.
Diesen einen sehr unzulänglichen Menschen ändern,
diese unflexible Person,
den schwerfällig-müden Kerl, der ich selber bin –
geht nur sehr schwer. Unter Aufbietung aller Kräfte.
In kleinen Schritten. Mit großer Geduld.

Aber vielleicht –
wenn ich mich geändert habe –
kann sein, daß dann doch gewisse Auswirkungen –
auf die Umgebung, auf die Gesellschaft –
auf diese ganze Welt –
na, abwarten.
Ich bin noch sehr beschäftigt
mit meiner Änderung.

## *Umschmieden*

Die Schwerter umschmieden – lautet das Friedensprogramm
deines alten Propheten –
zu Pflügen und Winzermessern.
Das gilt auch für mich,
hast du mir ausrichten lassen,
ich möge mein Schwert umschmieden,
nicht irgendwann später,
sondern noch heute, sofort.
Spätestens jetzt hört sich die Gemütlichkeit auf.
Denn ich habe den Eindruck,
daß alle anderen rund um mich
noch munter die Waffen schwingen.
Wie sieht es nun aus, mein eigenes Schwert,
und in welches brauchbare Werkzeug
schmied ich es um?
Gott, nun wird es konkret,
nun wird es handfest und praktisch,
nun fängt es an wehzutun –

Ich durchstöbere meine Waffenkammer:
Den scharfen Blick für die Schwächen anderer Leute
müßte ich – muß ich – verwenden,
um ihre guten Seiten zu sehen.
Die Spottlust, das spitze Wort
muß ich verwandeln
in den Versöhnungsdienst vernünftiger Rede.
Statt mit Geschäftigkeit die anderen zu erschlagen,
werde ich ernsthaft die Zeit mir nehmen
für die Langsameren, die Schüchternen.
Meine Überheblichkeit,
hinter der ich mich oft verstecke,
werde ich umschmieden müssen
in Offenheit und Respekt.
Ich werde ungeschützt leben, mein Gott,
wenn nicht du mich schützt.

## *Grenzunternehmungen*

Und immer wieder
die eigenen Grenzen erleben.
Anrennen, immer wieder,
auch wenn es wehtut.
Versuchen, dort und da
die Grenzen zu dehnen,
um einen Schritt weiter,
um eine Handbreit weiter,
um Haaresbreite.
Verwundung und Neugier halten sich oft die Waage
bei meinen Grenzunternehmungen.
Wenn ich eine friedliche Zeitlang
an keine Mauer gestoßen bin,
weiß ich erschrocken:
Ich bin unterwegs auf gewohntem Gleis,
nicht bis an die Grenzen gegangen.

## *Wohnen*

Ich habe gehört, daß im Himmel „gewohnt wird“!
In Wohnungen, die uns „bereitet werden“,
mit Liebe möbliert, damit wir uns wohlfühlen können.
Ein wohnlicher Himmel, ein wohnliches Miteinander?
Sind wir’s denn schon gewöhnt,
miteinander zu wohnen?
Mag sein, daß wir Einübung nötig haben
hier und jetzt auf der mühsam bewohnten Erde,
die noch lang nicht für jeden bewohnbar ist.
Wen kümmern die Unbehausten und ihre Hölle?
Wo im Land der Besitzenden
das Wohnrecht einklagen für unerwünschte Geschwister?
Wer eine Wohnung nur für sich selber wünscht,
wird möglicherweise vom Himmel enttäuscht sein.
Die Wohnung öffnen, die Wohnung teilen,
so miteinander für andere Wohnung sein:
ein nützlicher Vorgeschmack.
Eventuelle Bitterkeiten,
anfängliche Komplikationen
wird einer, der in uns wohnen will, ausbalancieren.

## *Herbergssuche*

Der Herbergssuche widmet die Töpferin
eine eigene Krippe.
Sie erklärt uns nachdenklich
die roten Tonfiguren:
Maria und Josef werden von Wächtern
bereits am Stadttor zurückgewiesen.
Kein Platz für Fremde –
wir sind überfüllt, sind schon mehr,
als wir uns leisten können.
Sucht euch draußen im Feld eine Höhle,
in den Weinbergen vor der Stadt …

Das kleine Betlehem quillt über von Menschen,
Fensterrahmen sind mit Gesichtern gefüllt,
im Gasthof drängen sich Zecher mit vollen Krügen.
Auf manchen Türschwellen hocken tönerne Klümpchen
mit zarten Köpfen und winzigen flehenden Händen –
Wir stutzen und fragen: Was bedeuten nun die?
Ungeborene Kinder auf Herbergssuche,
sagt die Töpferin, abgewiesene Kinder,
sie finden nicht Einlaß ins Haus,
in dem es schon Kinder und Hunde und Katzen gibt,
ja, Tiere vor allem, die machen weniger Mühe ...

Und überall in der Stadt und vor ihren Mauern
sieht man rötlichgeflügelte Engel als Boten gehn.
Ihre Hände sind deutlich und übergroß modelliert.
Die eine Hand halten sie bittend den Menschen hin,
mit der anderen zeigen sie unermüdlich
zum Himmel – nicht immer erfolgreich:
Vor einem der Häuser liegt ein Engel
ausgestreckt auf dem Rücken.
Der Hausherr hat den lästigen Mahner
mit einem Prügel niedergeknüppelt.

## *Eingliederung*

Eingegliedert in die Gemeinschaft der Kirche
bin ich ein Teil von ihr.
Ihre Freude ist meine Freude,
ihr Leid ist meins.
Was mich freut, richtet sie auf.
Was mich bekümmert,
wird ihr eigener Kummer.
Und ihre menschliche Schuld
werde ich durch mein Versagen
vergrößern.
Man wird mich messen
an ihrem Auftrag.
Und wenn durch mich Gutes geschieht
mit Gottes freundlicher Kraft,
wird meine Kirche auf ihrem Weg
weitergegangen sein
einen freudigen Schritt.

# Der Botschaft trauen

## *Im Moor*

Krüppelbirken über dem Brombeergestrüpp,
Preiselbeeren wie winzige Wintersonnen –
Inseln ohne erkennbaren Strand.
Die braune, glänzende Erde
nur eine dünne Haut.
Zwischen den weißgebleichten Resten von Wurzeln
Büschel von hartem Gras, sie scheinen zu schwanken
und sind doch der sichere Weg.
Ich kann es allein, sag ich und springe
von Büschel zu Büschel, dein Lächeln vor Augen
und deine Hand, die du ausstreckst
„für alle Fälle" –

## *Durststrecke*

Mir scheint, du hast da
eine Durststrecke für mich vor,
du mutest mir zu,
ein Stück durch die Wüste zu gehen,
und ich weiß nicht, wie lang,
und ob ich dich treffen werde.
Gott, du kommst mir fremd vor
und sehr weit weg,
und im Augenblick ist auch kein Freund da
als Gleichnis und Abbild
deiner zärtlichen Nähe!
Du! Daß meine Hoffnung
nicht ganz versickert,
daß meine Phantasie
Erde findet für ihre Wurzeln!
Daß die Angst mir den Atem
nicht abpreßt!
Ich trau dir zu –
mit immer schwächerer Kraft –,
daß dir für mich etwas einfällt,
daß du noch an mich glaubst.

## *Heimliche Zuversicht*

Auf der Spur des verlorenen Sohnes

Auf jedem Fluchtweg trittst du mir entgegen.
Und du wirst stärker sein als mein verstocktes Herz.
Mir zugeneigt wirst du den Trotz besiegen,
das Mißtraun und die Angst.
Und wenn ich stammelnd meinen Mund auftu
und sage, daß ich alles das nicht wert bin,
wirst du mich in die Arme schließen
und sagen, daß ich deine Freude bin.
Im Festkleid will ich meine Heimkehr feiern
und wieder glauben dürfen,
auch an mich.

## *Leere Hände*

Jesus, da, meine leeren Hände,
ich halte sie dir hin –

Mehr kann ich nicht beten
zur Zeit.

## *Gebet*

Laß mich die rechte Zeit erkennen
für Tun und Nichttun,
die rechte Zeit für Lachen und Weinen,
Halten und Lassen.
Gib mir das innere Spüren, schenk mir die Zuversicht,
daß jede Zeit eine Zeit der Liebe ist:
daß ich nicht bitter werde
beim Weinen,
nicht mutlos beim Lassen.
So will ich loslassen lernen,
daß es ein Sein-Lassen wird,
getragen von aller Zärtlichkeit und Geduld,
die du in mir aufbringst.

## *Angst*

Wenn Jesus in seiner Ölbergnacht
trotz Engel und Beten noch immer Todesangst litt,
wie darf ich erwarten,
daß du mir die Ängste nimmst?

Aber wenn Jesus die Kraft erhielt,
betend die Angst zu ertragen und auszuhalten,
darf ich erwarten, daß du auch mir
diesen Engel schickst, deinen Helfergeist.
Dann will ich versuchen,
meine Angst an der Hand zu nehmen
wie eine jüngere Schwester, die mich bedrängt,
und Schritt für Schritt mit ihr weiterzugehen.

## *Sterben*

Alles verlassen.
Sich selber lassen.
Sich verlassen
auf Gott hin.
Sich verlassen
auf Gott.

## *Verwandlungen*

Bin ich froh, sagte der Schmetterling,
daß ich alle Verwandlungen
so gut überstanden habe!

Eine steht noch bevor, sagt die Erde.
Wieder Erde werden in meinem Schoß.

Noch eine!, sagte der Engel der Schmetterlinge.
Im neuen Himmel und auf der neuen Erde
wollen wir unsere kleinen Geschwister
nicht missen!

## *Lied der Engel*

Wir staunen uns immer tiefer hinein
in Gottes Geheimnis und Herrlichkeit.
Weit ist die Reise, weit
und wird nie zu Ende sein.
Das Loblied, das wir Gott singen,
läßt immer mehr Himmel erklingen,
es trägt wie auf Flügeln und Schwingen
auch alle die stummen Lieder empor
von Kräutern, Moos und Gestein,
der Fische und Muscheln lautlosen Chor
und das Lobesgesumm der Bienen.
Die Menschenkinder in ihrer Zeit,
denen wir nah sind und dienen,
ahnen das Lied von der Ewigkeit.
Und manche halten sich schon bereit
und stimmen ins Lob der Geschöpfe mit ein.
Dann singen wir freudig mit ihnen.

# Von der Schwierigkeit, über Gottes Geist zu reden

„Heiliger Geist", „Gottes Geist" – viele können kaum noch etwas mit diesem Begriff anfangen. Ist er nur noch für die christliche Mottenkiste gut, wo man ihn zwar aufbewahrt – für alle Fälle –, aber nicht mit ihm lebt? Abgenutzt, verbraucht, aber zum Wegwerfen zu schade? Deckel zu, eingesperrt – so stört er wenigstens nicht, kann aber jederzeit wieder hervorgezogen werden, wenn Sitte und Brauch es verlangen, z. B. zur Firmung oder Konfirmation.

Wer allerdings glaubt, Gottes Geist ließe sich von uns Menschen auf Dauer einsperren, lahmlegen, der kennt ihn (noch) nicht. Denn er ist es, der die Initiative ergreift, den Deckel öffnet und Kontakt mit uns aufnimmt. Staunend entdecken wir dann: Da ist nichts Verstaubtes, Muffliges am Heiligen Geist! Im Gegenteil: hochaktuell ist er, dynamisch und quicklebendig. Wer so Gottes Geist begegnet, wird dessen verändernde Kraft erleben. Unbequem ist die Änderung allemal.

Sie reißt aus Langeweile, Gleichgültigkeit und Egoismus heraus. Wer sich mit Gottes Geist verbündet, ihn als Geschenk Gottes an uns verstehen lernt, kann nicht mehr mit Scheuklappen durch die Gegend laufen. Ungerechtigkeiten, Lieblosigkeit werden aufgedeckt, benannt, nicht über-sehen. Denn: Der Geist Gottes <u>ist</u> Liebe, ist Freude, ist Friede, Langmut und Freundlichkeit, Güte und Treue (vgl. Galater 5,22). Wer sich auf dieses Geschenk Gottes einläßt, wird schwierige Situationen bewältigen, ungewohnte Anforderungen meistern, denn ihm steht der beste Lehrmeister und Mutmacher bei, den wir uns denken können.

Schon immer haben die Menschen die lebenspendende Kraft Gottes erfahren und davon gesprochen. Sprach-Bilder boten sich an, das Unfaßbare auszudrücken. Wenn die Bibel vom Wirken des Geistes

Gottes redet, so benutzt sie unterschiedlichste Bilder, da er sich den Menschen auch in vielfachen Weisen offenbart. Einige nur können hier genannt werden: Gottes Geist ist wie der Wind (Johannes 3,8), wie Sturmgebraus und loderndes Feuer (Ezechiel 1,4). Gottes Geist hilft wie eine gute Medizin, befreit von Ängsten, macht mutig und risikobereit. Mit ihm werden alle Psychopharmaka überflüssig. (Nachzulesen in der Apostelgeschichte 2: Die Freunde Jesu, die sich nach dessen Tod zurückgezogen hatten, treten plötzlich engagiert an die Öffentlichkeit, werben für die Sache Jesu.) Gottes Geschenk an uns kann auch recht handgreiflich werden: „Ich schenke ihnen ein anderes Herz und schenke ihnen einen neuen Geist. Ich nehme das Herz von Stein aus ihrer Brust und gebe ihnen ein Herz von Fleisch" (Ezechiel 11,19). Eine Herztransplantation, ein dramatischer Eingriff, ausgeführt vom Arzt der Ärzte, der die Menschen aus dem Wie-tot-Sein herausholen und zum Leben verlocken möchte.

Die Texte in diesem Buch nehmen die biblischen Bilder auf, setzen sich mit ihnen auseinander und prüfen sie auf ihre Tragfähigkeit für heutiges Leben. Sie nähern sich den biblischen Aussagen vor dem Hintergrund eigener Erfahrungen, subjektiv, in unterschiedlichen Zugängen. Sie bewegen sich zum Teil noch im Vorfeld der Thematik, reden aber auch sehr direkt von Gottes Geist. Sie vermitteln uns Bibel in zeitgemäßer Sprache, sprechen von der Botschaft, „die uns betrifft", hoffen, daß deren Wort in uns wachsen könnte ...

Wer sich auf diese Texte einläßt, spürt die Kraft, die von ihnen ausgeht. Es sind Texte, die sich nicht verbrauchen. Texte, die immer wieder gelesen werden können: zur Firmvorbereitung, zur Firmung, ein Leben lang. Sie rühren an, trösten, helfen, setzen in Bewegung. In poetischer, aber unkonventioneller Sprache reden sie von und mit Gottes Geist. Kaum vorstellbar, daß der Leser nicht von ihnen be-geist-ert ist.

*Heidi Kaiser, Lektorin*

# Schlag nach bei …

Die Bibel verwendet unterschiedliche Bilder,
wenn sie vom Geist Gottes, der lebendig macht, spricht.
Viele dieser Bibelstellen regten zu den Texten
des Buches an.

| | |
|---|---|
| Entgegenwachsen | Epheser 4,24 |
| Wenn du kommst | Ezechiel 1,4 |
| | Apostelgeschichte 2,2 |
| Einverständnis | Johannes 3,8 |
| Alte Zeichen | 2 Timotheus 1,6 |
| | Galater 2,20 |
| | Römer 8,9 |
| Spaziergang mit einem Lehrer | Ijob 33,4 |
| | 1 Könige 19,1–13 a |
| Ankomme jetzt | Lukas 1,26–38 |
| | Lukas 3,22 |
| Was der Gärtner erzählt | Johannes 15,1–8 |
| | Kolosser 1,10 |
| Mai | 1 Korinther 3,7f. |
| Was die Engel von uns erwarten | Lukas 1,26–38 |
| Kreuze | Römer 4,17 |
| Vor einem Kreuz | Römer 8,31–39 |

| | |
|---|---|
| Danken | Galater 5,22 |
| Vorbehalte | Ezechiel 11,19 |
| Aufbruchssegen | Apostelgeschichte 2,1–42 |
| Dringende Einladung | 1 Johannes 4,7–21 |
| Mein Bruder | 1 Johannes 2,10 |
| Bettler | 1 Korinther 14,1 |
| Brot und Wein werden | Matthäus 26,26–28 |
| Lied | Psalm 63,5 |
| | Epheser 5,19 |
| Vorhaben | Römer 12,2 |
| Umschmieden | Jesaja 2,4 |
| Wohnen | Johannes 14,2 |
| Herbergssuche | Lukas 2,4–7 |
| | Deuteronomium 10,19 |
| Eingliederung | Epheser 3,14–19 |
| Durststrecke | 1 Petrus 5,7 |
| Heimliche Zuversicht | Lukas 15,11–24 |
| Angst | Lukas 22,39–46 |
| Sterben | Römer 14,8 |
| Verwandlungen | Offenbarung 21,1 |

Quellenhinweis zu den Farbholzschnitten von Andreas Felger: Die Motive „Rotes Meer“, S. 32, „Schöpfung“, S. 61, „Wasser, Wind, Sonne und Mond“, S. 1, „Liebe“, S. 13, „Das Leben währt eine kurze Zeit“, S. 65, „Vom Dunkel ins Licht“ (auch Titelmotiv), S. 40, „Frucht“, S. 20, „Ostern“, S. 49, sind entnommen aus: Andreas Felger, 1973–1985 Farbholzschnitte, Bilder, © Präsenz-Verlag, Gnadenthal, D-6257 Hünfelden. Wir danken für die Abdruckgenehmigung.

# LENE MAYER-SKUMANZ BEI PATMOS

Lene Mayer-Skumanz, Eugen Sopko
**Eine Krippe im Wald**
Ab 4. 32 S., geb.,
Best.-Nr. 3-491-79412-9
Franz von Assisi hat zur ersten Krippenfeier im Wald eingeladen – und Wundersames geschieht dabei. Einfühlsam und in poetischer Sprache wird die Legende neu erzählt und in ausdrucksstarke Bilder umgesetzt.

Lene Mayer-Skumanz, Józef Wilkoń
**Der kleine Hirte und der große Räuber**
Ab 4. 32 S., geb.,
Best.-Nr. 3-491-79290-8
Eine bezaubernde Geschichte von dem kleinen Hirten, der auf dem Weg nach Bethlehem aus Mitleid all die Dinge verteilt, die er dem Jesuskind schenken wollte.
*Empfehlungsliste zum Katholischen Kinderbuchpreis 1989.*

Lene Mayer-Skumanz
**So gut möcht' ich hören können**
Gebete und Gedichte für Kinder
Ab 8. 48 S., mit 8 Farbtafeln von Helga Aichinger, geb.,
Best.-Nr. 3-491-79306-8
Alltäglichkeiten des Lebens, wie sie Kindern vertraut sind, werden aufgenommen und in poetisch dichter Sprache transparent gemacht.

Lene Mayer-Skumanz,
Alfonso Ruano
**Maria**
Ab 9. 72 S., abwechselnd farbig und s/w illustriert, geb.,
Best.-Nr. 3-491-79279-7
Das Buch versucht auf poetische Art, Kindern Maria und ihre Lebenswelt näherzubringen.